倾听缪斯的絮语·中国当代唯美诗歌精选
韩少君　高长梅　主编

以梦想的节奏

高非子　著

九州出版社 JIUZHOUPRESS | 全国百佳图书出版单位

图书在版编目(CIP)数据

以梦想的节奏/ 高非子著. -- 北京 : 九州出版社，
2014.3（2021.7 重印）
（倾听缪斯的絮语 : 中国当代唯美诗歌精选 / 韩少君，
高长梅主编）
ISBN 978-7-5108-2781-5

Ⅰ.①以… Ⅱ.①高… Ⅲ.①诗集 - 中国 - 当代
Ⅳ.①I227

中国版本图书馆CIP数据核字（2014）第041938号

以梦想的节奏

作　　者　高非子　著
出版发行　九州出版社
地　　址　北京市西城区阜外大街甲35号（100037）
发行电话　（010）68992190/2/3/5/6
网　　址　www.jiuzhoupress.com
电子信箱　jiuzhou@jiuzhoupress.com
印　　刷　北京一鑫印务有限责任公司
开　　本　720毫米×1000毫米　16开
印　　张　9.5
字　　数　109千字
版　　次　2014年4月第1版
印　　次　2021年7月第5次印刷
书　　号　ISBN 978-7-5108-2781-5
定　　价　32.00元

前言

诗歌之美源于自由：心灵的自由，精神的自由。

作为和时代同步的诗人，他们有着敏感的内心，用灵动、柔软、圆润、晶莹的内心亲近生命，感受光明，传递善良。诗歌写作，毫无疑问就是诗人内心的独白。写生命的开始和消亡，写河流，写大地，写一草一木，写细小的生命所散发的温暖。

诗人实际上是用作品还原事物的本真和他们内心的脆弱。

诗人大解似乎要通过诗歌表达忏悔和矛盾，确认人生在世，乃至宇宙中所处的位置。他精神向上，姿态低垂。他热爱拥有的东西，感恩生命、亲人，近距离触摸大自然。他一直叩问，不断追求灵魂的自我解脱之道，他是真诚的，也是谦卑的，他在用自身的体验对世界进行深度的观察和理解。

他的诗，在阅读上没有难度，不设障碍，但也从不缺少智性的留白，他像个耐心的工匠，从自己的角度向世界提出问题，每个人得到的启示不一定相同，答案却自留在了世界运转的法则中。

在当下的女性诗歌写作群落里，诗人李南有着自己独特的声音。这声音仿佛暗夜里的光，有温暖而悲凉的双重听觉，更有直入心灵的力量，这力量来源于她目光的向下和心灵的向上。

李南的诗歌充满温情的力量。从世俗熔炉提炼出来的优雅，感伤背景中掩饰的痛楚，形成了她个人特色的冷峻诗风，在描述现实生活的同时又不局限于现实，相对完整地把人生经验和艺术体验呈现于她的创作之中。

卢卫平对词语具有的尖锐而深刻的呈现能力，他从不回避眼前的现实生活，并从中提取真质而凝重的精神意向。他在诗中开辟了自己对观念的呈现和提升的特殊途径，赋予普通事物以诗意化的时代符号。卢卫平的诗作，对观念的确立和诗意阐释，体现出了他所具有的特殊力量的创造性思维和深入精神本质的超常潜能。

经历了多年的沉寂之后，韩文戈带来了一批沉郁的充满中年情怀的诗篇。一种更为谨慎的态度成全了他作品的厚度。

当生活经验与生命体验融合为一，韩文戈的诗穿越时间和空间，超越疼痛与隐忍，展示了一个成熟诗人对世事的感悟，其稳健的诗风也使得他的作品具有了经典意义。

琳子的诗直面现实，本真、质朴，有着鲜明的女性特征和觉醒意识。她善于通过简单的物象来体现人世的大爱大美，尤其是在表达母性和女性意识上，充满理性客观的思考。她还是那种善于在生死这个永恒的主题上发现美、抒写美的诗人。

起于浮华，超乎事态，韩少君的诗歌更具先锋性，他说他从事的是一项在场的叙述性工作，他的诗歌有广阔而深沉的背景，语言简洁，收放自如。韩少君善于从日常经验、个体的生命意识出发，寻找日常生活中的诗意和反动，在经验的世界之上感受另一种生命的真实。现实赋予了他诗歌的力量，也让他在这种力量中感受到自身的强大。他的很多诗篇充盈着批判的人文精神，在这种批判和看似无序之中，我们看到的是一个更纯粹、更可信赖的诗人。

王久辛一向保持着自尊与自强的诗人倨傲的人生态度，他或“以诗进入历史，出入战争”，“写得大气磅礴，狂放不羁，洋溢着浓烈的民族感情和人间正气”（诗人获首届“鲁迅文学奖”时高洪波语）；或借事言怀，借史明义，借景抒情，“表达诗人壮烈的人道情怀和悲悯意识”。王久辛更是一位在艺术探索上颇为精进的诗人，试图追求一种在艺术上经得起时代检验的诗歌语言，“追求语言的最大内蕴与张力，建构诗歌独特的审美空间，追寻意象的魅惑力”（文学博士谭旭东语）。

此外，张庆岭诗的成稳，高非子诗的清隽，90后代表苏笑嫣诗的青春活泼都各具特色，都值得读者的关注。

我们的工作是将这些作品呈现出来，希望给人以启迪，从而引发深深的思考。

目录

第一辑 墙影

流放中的但丁 【英】奥布里·文森特·比亚兹莱（Aubrey Vincent Beardsley，1872~1898）作

第二辑 意象变奏

想象的病 【英】查尔斯·罗伯特·莱斯利（Charles Robert Leslie，1794~1859）作

第三辑 爱向

思念 【英】阿尔弗雷德·加思·琼斯（Alfred Garth Jones，1872~1955）作

目录

第四辑 乌鸦的喃喃自语

乌鸦 【法】保罗·古斯塔夫·多雷（Paul Gustave Doré，1832~1883）作

第五辑 河流

新生 【英】奥布里·文森特·比亚兹莱（Aubrey Vincent Beardsley，1872~1898) 作

第一辑

墙影

为什么一种季节之谜

为什么一种季节之谜

按时缅怀天空的年轮

如守信的候鸟

如此深刻而沉静

掠过许多幽暗的山道

山道弯弯　如月

把幽暗的身影藏进

　　变幻不定的意境

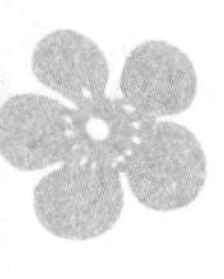

那时木棉花期正盛

读着海天一色

我们阴郁的情感

　　和故事

豁然开朗

那些幽暗的故事、人物

如郁郁葱葱的竹林

从唐宋传奇的泥沼

　　闪现　风雪来临

苍老的柴扉一张一翕

爱情随月黑风高夜穿行

如同经典的计谋

和我们在许多窗口相遇

打个响指　又

　　擦肩而过

月桂如消息树倒下

我们别无选择

注定做一回月亮歌手

然后心事重重　怨天尤人

金色港湾十分遥远

沉睡百年

某一种述说已经陌生

某一种往事依然清醒

中国诗人

骑着清癯的毛驴走过村庄
灵感是枯黄的霜叶
纷扬在唐诗宋词的丛林

战争歇了　酒肆重新开业
新鲜的约会重新启程
骑着毛驴走过五千年
我仍是容易感伤的诗人

想象灵感和宿鸟双栖双飞
秃笔繁盛着山寺桃花
骑着毛驴走进午夜红袖
逃难的影子难舍难分

历史的喧嚷渐隐于南山

雨雪吟哦着相思名句

毛驴在心间走走停停

杜甫之旅夜书怀

今夜你随江风来吧
古老的月色在大江奔涌
如宽阔无比的思念旧人
我坐在船头和你对饮
那些星星如铜钱纷纷落下
我和诗都是这大江的幻影
辉映我的曾经年青

我已青春不再　老迈苦病
那些狂傲的诗句如昨日再现
就像这江风　这江涛波涌
来自古老的云梦泽
隐藏着古老的楚狂人
隐藏着屈子不屈不挠的天问
而我　只是捞取孤独的老者
在月下沉醉　终老于江心

本草求真之一：辛夷和厚朴

我想象辛夷仿佛无助的湘云
她娇憨可爱的模样仍历历在目
历史和原野一样沉默　厚重
鸡血藤的手臂连接着我们
我偶尔闯进情人花园
想象厚朴就是从前的自己
某些诡秘必定蓬勃生育
纸床上的游戏早已蒙尘
幸福的战栗就像一江春水
回想西子湖畔的酒旗婆娑
我和她恍若隔世的友邻

她在彼岸　我身系此岸尘缘
虚构的桥梁是等待千年
辛夷和厚朴仿佛一片雷场

占据未经琢磨的生存方式
我们共同穿越　谨慎而好奇
许多痴迷的情节散失于幻境
谁又能预告预谋者的结局
她才貌双全的日子注定早谢
我想象我们都是想象的云彩
在大雨背后苍白地坠落
而我们的微笑成长为文物
演绎生生世世的不朽柔情

辛夷和厚朴从本草纲目的
　　小径
　　荒凉地苏醒
几只麻雀飞过墙　飞过窗前
轻捷的姿态如同想象中的我们

一八四二年夏天

那些虎豹熊罴惊天动地

成群野猪如月夜劳作的农夫

四周黢黑惊怖　仿佛

洪荒时代再一次降临

但没有挪亚方舟和青鸟

在南方　鸽子树漫山遍野

古老的城堡固若金汤

而我是谁　让时间反演

有彗星秘密打扫天庭

一对兵勇走出宽大的城门

清乡的节奏是烧杀掠抢

山大王细柔的茸毛如初春原野

灼热的手指和嘴唇沾满冷笑

在雨后纷扬随来世纷扬

那杆高傲的大纛迎风飘扬

松灯如豆　像一只田鼠

细啃那些散发霉香的残卷

山谷无限清净　我是谁呢

默想那杆大纛在山顶猎猎作响

中原很坦荡　一望无际

正好骑着乌骓马　纵情驰骋

那只美丽而快活的母鹿　而兴奋

那只年轻而忧伤的母鹿　而惊惶

夏天太轻松　太贴近

可以随时随地洗澡　出击

灼热的眼神　鲜红的年龄

战车在田埂上颠簸不定

兵勇们奔跑如逃亡的棋子

热风扯碎翻滚的麦浪

而我是谁　那些智慧和预言

静静地蛰伏于深山老林

我曾经死亡　我死而复生

对一八四二年的伤感浏览

泛滥起灼热无比的焦黄阳光

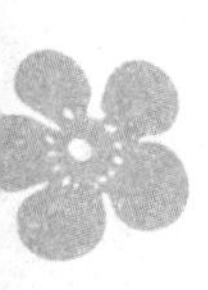

这是一片特殊的天空

这是一片特殊的天空

黑夜的影子

停在孤独的门口

无数冥想

黯然越过荒凉

所有的森林天使

都体现出自然本性

如果　辽阔的海湾

消逝我们的挪亚方舟

而嘶哑的祝愿

将沉默着凭栏远望

一切岁月都会流逝

一切诺言都会遗忘

而苦涩的温情

一页一页地

在我们心里　茂盛

生长

颤抖的手

一支颤抖的手
敲开黑夜虚掩的柴扉
心还在春天的山冈上
享受淡淡的孤独
紫色之雾飘过
你缄默的岁月
那神秘的好望角
消失了蓝色方舟
所有的森林之鸟
踏上疲惫的归途

在期盼的烟缕中
一段古老的渴望
彳亍而行
而遗忘的季节
站在遥远的窗口

听《维也纳的春天》

海是蓝色的

天空是蓝色的

多灾多难的岁月

淌过蓝色的多瑙河

森林是蓝色的

心是蓝色的

蓝色的孩子们

在一望无际的草地上

发出蔚蓝色的欢呼

和平从硝烟弥漫的小径

款款走近

缺乳的人们挨过了

整整一个冬天

曾经用华丽的冬装

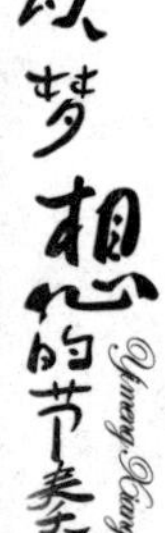

无数虚伪和浪漫

包裹一个受伤的灵魂

一种体验，犹如

远古时代的寓言

在夜幕下恣意生长

你躲进年迈的中国花园

形成斯芬克斯的微笑

所有的智慧和祈祷

一瞬间　灿烂开放

雨过天晴

华发早生

印象

九级台风强劲地刮过
日出日落的东海岸
古老的船队出发
季节是一场恼人的
　　黄梅雨
所有的相思雨
也从南国启程
翻山越岭
翻山越岭
郑和宽阔的袍服里
是宽阔的海的相思

大雾弥漫的港口
锦绣如云
绕过好望角

黑非洲　黑非洲

黝黑发亮的热带丛林

黑色的太阳升起

腰鼓擂动黑色方阵

一路风雨

在撒哈拉沙漠

躺下

　　撒哈拉

　　　　的

　　　　　故事

画像

渴望是快乐的小小鸟

躲进你的青春故事

是一颗千年松

长在童山秃岭

在一个辉煌的季节

你孤独地驻守那座空城

任由风霜雪雨

你的心依然平静

你曾经为春天许诺

为爱或不爱的人们

编制精巧的祈祷

然后　你固执地闯进

历史,创作一首诗

一种无言的默契和承允

静夜无人你挑灯看剑

于庄周击盆而歌

　　的河岸打坐

许多寓言油然而生

望穿秋水也不见

来自西洲的采莲女

二十四史的彩色封面

爬满了常青藤

你想象八月的芦苇荡

　　空旷无人

犹如　月光下你的踪影

墙（之一）

既是一种古老的符号
也是一种现实存在
从一个空间到另一个空间
从一种语言到另一种语言
从夜晚到白昼
墙是一道冷峻的堤岸
生命犹如退潮的海湾
在岁月苍白的脸上
　　不再澎湃
把往昔的步履和眼泪
拽回整个世界
曾挣扎不已的仙人掌
也迷失于干热的沙海
墙内墙外
公平的是阳光依然

和生生不息的时间循环

而蒲公英向往的小伞

　　一边在田野喧哗

　　一边从梦中归来

墙（之二）

思念是一堵墙

你在墙那边

我在墙这边

夜的欢笑在那边

爱人的泪雨在这边

生之灿烂在那边

岁月的寂灭在这边

只有这自由的月色

既在那边

也在这边

想起一段传说

午夜时分，空旷的街道
漂泊着敲更人的影子
东西南北的城门
受一场梦呓叮咛
豁然开启
一列远洋舰队
在黎明前悄然远行
你不是先知
山海关的炮台悄然生锈
历经风雨
长成一种奇妙的象征
山海关的猎人
悄然入睡
启明星挂在冰冷的枝梢
俯视芸芸众生

你喟然长叹

黄沙弥漫的历史

在　紫丁香般的诗页里

休止　休止

你不是海　不是海鸥

甚至不是赶海的人们

你只是海的儿子

在赶海的季节出生

逆流而上是九歌的歌手

汨罗江畔浣纱少女

也挽救不了你自由的

　　呼吸

唱罢大江东去

一种诱惑　一种黑夜

与黎明交叉的气氛

你匆匆离去　离去

那只墨迹斑斑的雨伞

遗落在江南雨巷

一段传说　为你

最后的

　　　心

　　　　的

　　　　　迷离

风景

在风雪茫茫的草原

几只憔悴的黑马白马奔腾

几个猎手　醉醺醺地

捂住厚实的严冬

你一人走向内蒙古

用年轻的诺言

黄河般古老的传说

寻找

浣纱少女的纯情

内蒙古天苍苍　野茫茫

你远眺一夜梨花落下

　　如雪

你昂然长啸　构成

一幅粗拙直率的意境

川端康成

人世间怎么如此凄美透明
那个姑娘是株清癯的腊梅
住在古色古香的都城
她和你相逢在雪国
雪国的小站空旷无人

从垂暮清静到少年
千羽鹤飞起飞落
那种印象　如在北国
冬夜的月下　我给远方写信

我的长兄　在原始森林
　　的胸腔和裙角
你拾掇几丛菊花的高贵
以及渗透梅香的茶韵

谁是伊豆清纯的踊子

我们都曾经无限年轻

你徐徐转身　我徐徐坐下

大幕徐徐拉开

舞台上

飞旋起幸福的冰冷

等待（之一）

站在窗前
你静静地等待什么
以为暮色四合的风雨
会唤醒新的体验

以为静静地等待是什么
复杂的情感在奔跑
你和窗就是难忘的画面

你复杂地迈进沉思之林
以为心是风雨中的飘零
在分别后等待什么呢
唯有陈旧的传说浮现

一种暗示随风雨长大

想起你开谢不已的花瓣

你把往事酿成一片沼泽

让静静地等待涉过

以为黄昏是风雨中的驿站

等待（之二）

你说，等待是一坛苦酒
是深秋落叶的舞蹈
是大海深褐色的谜底
和浅浅幽暗的微笑
一场巴山夜雨
你从梦里走近
唤回爱的天荒地老

我说，等待是月落乌啼的风景
是一叶寂寞心思的小桥
是绵延无期的故事
和斜倚寒霜的远眺
站在窗前
我是亘古不变的雕塑
默祭岁月沧桑的祈祷

风速

乌鸦在清晨出生

在正午勇敢地成群

在傍晚作鸟兽散

盛夏的街角

少女们盛装旅行

啄食随风而逝的爱情

思想者困在山巅

寓言在耳际奔跑

风筝领受袭击滋味

往昔的谜底难以置信

落叶不知所往

出门时小心着凉

第二辑 意象变奏

初冬的阳光和雪及其他

只是不愿意承受阳光

在阳光下静坐

风雪恼人

冷峻的目光恒久不变

在白昼的门背后

睁开许多古怪的想象

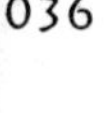

那些生灵脸色苍白

任孤独缀满黑夜的衣襟

离别曾经一刹那

不需要生生死死的借口

如果跋涉千年

能否千年地等待

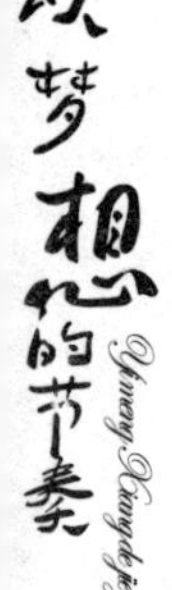

第一场大雪过后

也许森林闪现于身旁

飞鸟在雪野行迹不定

思絮如失传的楔形文字

从彼岸悄然出土

她们的微笑一朵朵融化

若天际淡淡扭曲的云彩

岁月更是无限衰老的风景

遗忘就在某个时刻诞生

听山寺钟声午夜荡漾

不必黯然回首

会有寒梅伫立村头

叹逝者如斯华发早生

头顶风雪猎人归去来兮

也许雪过天晴

贪看落日壮观无比

意象变奏之冬日

阳光如金黄的绒衣
裹住季节的阴冷

站在黄昏的桥头
梦是生生不息的河流

让钟声响起吧
然后在午夜沉默

独坐高原如长者之落寞
随一种情绪栩栩如生

千里之外惟关山难度
想象塞纳河畔智者如你
谋杀不仅仅发生在荒郊

飞鸟扇动轮回的背影

想起许多往事　聆听
且喜且悲如歌如诉

盼望一场雪花飞舞
一场夜雨唤醒西洲

意象变奏之年夜

也许真的是病了

风雪只在梦里、手心

这个年夜如生日蛋糕

任你慢慢咀嚼

冷空气来自原野

原野干涸而平静

一只寒鸦如此孤独

如山中的旷世雪景

感到灵魂已经出窍

岁月在血管里汩汩流淌

北国没有相思树

只有孤独的白桦林

沿遥远的戈壁延伸

慢慢咀嚼往事

听午夜钟声响起

这一刻恰值衰老

让祝福纷纷扬扬吧

如一场风雨悄然入侵

也许命运已定

说海棠依旧花红

然后悄然出走

意象变奏之圆月

月光寒冷如初　你看

这一轮圆月美丽而寒冷

那棵树想必早已枯萎

在如此落寞的季节

　　和夜晚

落寞地守候山顶

也许会落寞地进入

某种并不陌生的意境

也许有许多梦呓

有许多祝福的故事

如无聊的蝌蚪浮游

　　于江南夜雨

而秋风如水

演绎落寞的诗句

洪荒时代仙逝远矣

洪荒时代的传说

如午夜潮湿的玫瑰

依旧　凄惶　美丽

你看　这一轮圆月哦

　　如此寒冷　美丽

　　如此凄清　无语

仿佛亘古不变的你

那条黄昏中的河流

是否老迈而落寞　是否

　　河岸依旧　杨柳青青

那棵孤独的树

颓然倒下　在某个早晨

做一场弥撒吧

又　悄然远行

让过于沉重的行囊

遗落一段

　　天荒地老　天荒地老

曾经是棵挺拔的树

就有挺拔的记忆

说某种情感难以名状

如那棵色彩斑斓的树

然后你看　你看

这一张月亮的脸

你看　九百九十九朵玫瑰

　　的寓意

　　依旧

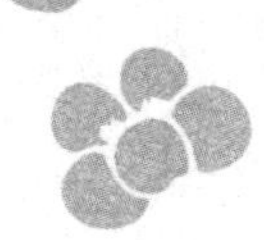

嘉央米措湖畔

风曾经吟哦温柔的夜晚
如牵挂远古的云烟
月色依然
在如此肃穆的时刻
在嘉央米措湖畔
某一日高原空空荡荡
旅人之歌十分幽远
格桑花的马背上
摇晃着漂泊的思恋

某一日阳光十分灿烂
高原的阳光十分幽远
风在阳光下期盼什么呢
孑然伫立的经幡
随风吟哦

一千零一夜的续篇
在嘉央米措湖畔
雪鸡如谜语般隐现
溜进落日的门槛

而暮色渐远
　　也许有
　　月色依然
　　流萤点点
格桑花的牵挂如风
　　抚过
嘉央米措湖畔

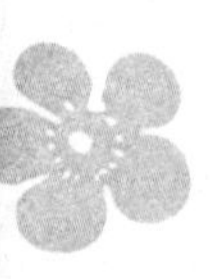

幻象

如果你回眸　五千年前的王庭
草木自春色

我作为桂冠诗人　感叹蜀道太难
然后文君陪我当垆沽酒
卖弄风情

你和我　犹如桑叶上嘶哑的
　　蝉鸣
在五千年的中国花园
　　一角
驱风镇邪
如果我们始终只是假想的角色

如果我们精心绕过现代汉语的陷阱

犹如难解的囚徒博弈

我在你的身后

你置身其间

五千年后我们仍然留恋于月迷津渡

一只似曾相识的燕子从王庭迁来

五千年　如果我精心隐喻这段话本

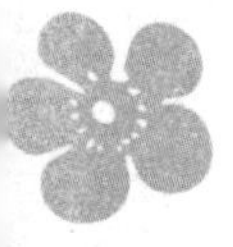

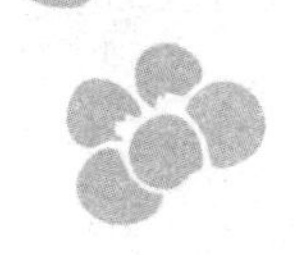

古意之一：有月上中天

有月上中天
几只寒鸦掠过
空谷回音
你斜倚兰亭
勾勒大漠风景
烛火忽暗忽明

那个年代已经遥远
聪慧的祖先们
有关山飞度
画角连营
白骨映照月色溶溶
是伊人的泪水

一袭武士打扮

挂落寒露如许

有风雨边关

你渐行渐远

古色古香的月夜

伴羌笛呜咽

征人难归

伊人的滔滔泪水

是溱洧的波纹

有桑女之歌

是碎落的酒杯

记忆张开绯红的伞

在月色中沉醉

几只寒鸦掠过

那个遥远的传说

那场黄沙弥漫

　　早已远遁

于是你垂垂老矣

于是　有

　　驼铃悠远

　　暮霭沉沉

古意之二：秋思（其一）

秋天的黄昏是贾岛的苦吟

原野无人

遥远的山峦如陌生的召唤

阳光十分幽暗

岁月也幽暗

心若疲惫的琴弦

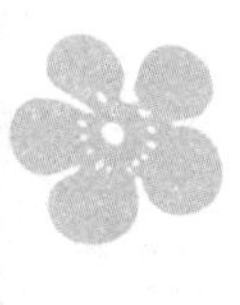

绿色风衣如一面旗帜

如秋天沉静的湖泊

夜夜梦呓是黑色的竹林

在很久以前

那首歌谣已经黯淡

第一场大雪过后

或许有春意盎然

往事的麦草金黄灿烂

原野凄清无语

夏季的诺言

已随落叶飘零

风雨交加的驿路

枯萎思念的花瓣

那些早谢的山顶

盛开迟到的预言

墙是巨大而冷峻的背景

无数美好的祝福

孕化为沙漠

熄灭季节的灯盏

再垂下期待的眼帘

做一位行吟诗人

醉卧寂寞的堤岸

如果风雪倏然来临

在某个早晨

会悸动　新的情感

古意之三：秋思（其二）

走进秋季　秋季有麦田

你暗淡的祝福似秋叶静寂

期盼是古寺的钟声

　　是霜雾密布的山谷

历经千年　涅槃于千年世纪

遗忘不只是憔悴的花瓣

　　亦在秋野守望的孤旅

岁月的齿痕分明

梦随意坠落　泪影迷离

你是不经意的秋水无眠

陌上秋草流连

渔唱已晚　吹笛在云际

古意之四：七月流火

七月流火　有暮色凝重

蝉鸣孤独的影子

有影子打坐　默然

惟蒲团渐老　牧女无踪

空谷回音

有千年古槐

有唐诗宋词梦境

梦里有黄昏的河流

涌动游子的波心

在西洲停棹　八月萑苇

有枫叶荻花　萧瑟

月夜弄箫　总是千年的泪痕

有吴越宿鸟急急归飞

鸟巢如城堡　风雨中

随意飘摇　有山雨欲来

钓翁踏歌而行　踏遍

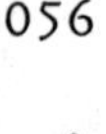

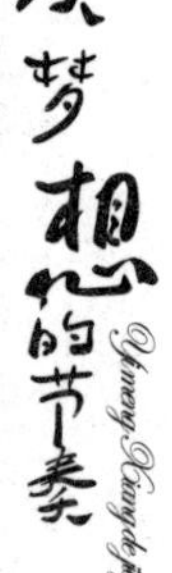

寒霜　有九月授衣

啜一杯黄菊　有秋思无眠

然后登高望远　遍插茱萸

有月影婆娑　寒钟为谁而鸣

有僧仔细推敲山寺禅影

寺外无人　雪落无声

有弯弓大雕　凭栏处

唱贺兰山缺　寒意袭人

骤回首　不见灯火阑珊

有南飞雁阵　夜深

庭院深深　落叶满径

惟蒲团已老　菩提树梢

　栖歇满天星辰

十月获稻　有千年枯坐

对饮　而对饮无人

古意之五：忆王孙

怀想夏季　与斜阳对弈

在杨柳轻拂的溪岸

在午桥　荷香暗浮

竹箫吹落梨花如雪

旧人的马蹄疾急　多少日子

　　就此逝去　如柳絮

望一川烟雨　野渡

期待古铜色的艄公和兰舟

　　如入无人之境

芳草萋萋　而天涯何处

天涯何处　远山在箫声之外

在午桥　黄昏蹑手蹑脚靠近

杨柳低拂　如处子的秋水

那些山冈起伏如舞练

　　却如此陌生　而杜宇嘶哑
倾诉旧人堪忆
　　梨花如雨　如千年泪痕
把柴扉紧闭　斜倚兰亭
旧人的脸庞是湿润的向晚
在夏季　把风雨剪碎
多少故事　恍若酸甜的哑谜

古意之六：如梦令

远山有雨　有漂泊的云

驿路的风雨难耐

旅人的思絮摇曳不定

旅人之歌逾越千年

篝火彻夜难眠

那一片蛙声渐归宁静

如你的吴侬软语

替谁喟叹　这清癯的雨季

爱人　雪白的梨花纷呈

是否如你　经霜的柔情

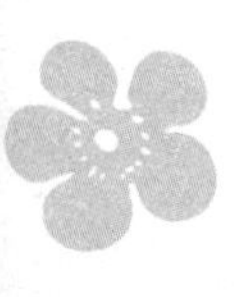

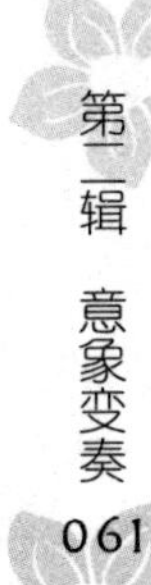

古意之七：春宵

月色迷蒙　夜沉沉

春歌古老如风信

远山有树

酸涩的背影

期待的日子太珍贵

你是你永远的故人

而霜雾蔚蓝如水

散发清香余韵

红舞鞋坠落楼榭

秋千是风中树叶

漂泊不定

陌生的情绪在疯长

你吟唱遗忘时刻

飞鸟的屐痕

古意之八：逢雪

（日暮苍山远）

回家的旅途很远

如同远在天边的峰影

流浪了八千里路之后

我们是沧桑的月和云

如果你终于回来

我们将排演什么场景

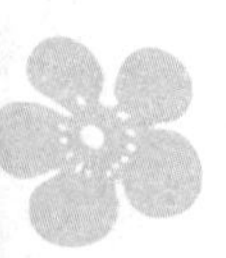

（天寒白屋贫）

那时满树苹果鲜艳无比

温柔的树叶深含意蕴

你说家是暮色中不败的笑靥

而你是飘摇中的寒冷

那场雪好大，没有预报

从此我们默默无闻

（柴门闻犬吠）

岁月的霜叶歇满两鬓

犹如梅香暗浮着柴门

几声狗叫述说你的什么

欢悦的吉他遗落荒郊

你的心绪如雪地上杂乱的鸟迹

是否有温暖的手臂召唤我们

（风雪夜归人）

无数山径消退夜归的人们

宿鸟杳然成五千年童谣

松灯如豆摇曳期盼的目光

木屋是人在旅途的深情

你寂寞的身姿辉映着群山

我执意寻找下一轮远行

（逢雪　我们相逢在芙蓉山下）

我们共同游弋于大唐绝句

　　的漫天风雪里

我们彼此疏远　彼此接近

我们彼此熟悉　彼此陌生

第三辑 爱向

致爱人（其一）

爱人　总在心底默默呼唤你

爱人　总在梦里深切抒写你

爱人　从黑夜到白昼

分分秒秒　日复一日　年年岁岁

想你　念叨你　疼爱你

生活的每个细节从此便生动不已

　　便充满暖意

爱人　仅仅写下你的名字

便需要耗费我一生的气力

爱人　仅仅种下厮守一生的愿望

便需要我沧海桑田的痴迷

爱人　从日月星辰到山川草木

每每守护着你

如同空气对生命的甜蜜

致爱人（其二）

在午前

春和日丽

在午后

来一场温润的细雨

从春宵溜出的风

是你和我的氛围

那么悠闲　那么甜蜜

适合我们一起慢慢变老

并且儿孙绕膝

从村庄到田野

到每一片树林

和每一丛杂草的期冀

那些油菜花漫山遍野

漫山遍野　天真而且纯净

如同你和我的前世今生

而蜿蜒的溪流

在波光中打着长长的哑谜

致爱人（其三）

爱人　你是否在江南

守候一个深秋的漂泊

那一江的秋水是等待的渔火

迷惘的江风抚慰伊人的秋歌

爱人　你的思念是霜染的寂寞

午夜的无眠恰是寂寞的我

致爱人（其四）

你的心是从不寂寞的大海

让我一次次虔诚地沉没海底

你的允诺是来自海底的歌声

我在歌声中枯萎成迷失的帆影

我坚守在你的心里　如同坚守的灯塔

守望在暴风雨和星星换防的夜里

我的眼睛是你最忠实的港口

用从未干涸的热泪等待遗落的黎明

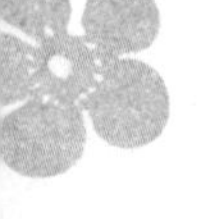

偶然

带着黑夜的呼吸

一只无名的小鸟飞到窗前

你站在窗前

眺望远处的山影

小鸟、窗和你

勾勒黎明的画面

这是偶然

一棵老树站立在悬崖

带着千年风雨的洗礼

我在山谷仰望老树

老树在云彩里若隐若现

老树、悬崖和我

仿佛千年不变的寓言

这是偶然

一些诗句萌芽于岁月的堤岸

如潮湿的玫瑰怒放你的梦境

如我草长莺飞的祝福和思念

诗、你和我

抒写永不褪色的经典

这，不是偶然

多年前那场大雪纷飞

多年前那场大雪纷飞
让村庄勾勒童话的意境
那只雪白的兔子掠过
惊惶地划破
原野古老的宁静

那时风雪昼夜不停
雪人也告别了孩子们
你从菜园归来
头顶上雪花纷呈

那种厄运仿佛命中注定
我心中的太阳
也无法
驱散你身边的寒冷

但是，妈妈

多年后我们陈说往事

也许正值江南阳春

母亲，让我忘记你

母亲，让我忘记你

忘记你和我最后的离别

忘记我对你最苦的思念

忘记我们一起熬过的岁月

忘记我们一起经历的那些

　　冷漠、酸涩

　　饥饿、严寒

　　欢愉、期盼

让我忘记你

忘记你的责骂、叮咛

忘记你如豆的灯光下的缝补

忘记你倚门盼归的伤痛

忘记你负重叹息的身影

忘记你涨满忧愁的眼神

忘记你从未展颜的脸

忘记你霜染的白发

忘记你结满太多沧桑的额头

忘记你一年四季皴裂的双手

忘记你步履蹒跚的黄昏

忘记你无法长命百岁的遗憾

忘记你从未战胜的贫穷

忘记你终身劳碌的命运

母亲,让我忘记你

忘记你的大名

忘记你的生辰和忌日

忘记一切关于你的记忆

忘记你和我今生的缘分

如同你忘记我,忘记此生

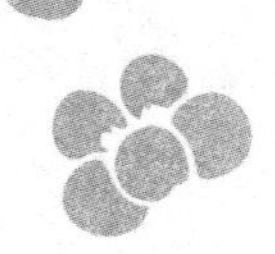

爱向

爱向什么
爱向你和我

爱向默默的祈祷
爱向幸福的期待
爱向季节的天梯
爱向向往的甜蜜
爱向蓝色的大海和海妖
爱向岛飞扬的鸟群
爱向谷的谜底
爱向一棵树的孤独
爱向最后一朵玫瑰的叩问
爱向黑夜潜行的足迹
爱向星空闪烁的眼睛

爱向左

爱向右

爱向最后一班列车的邂逅

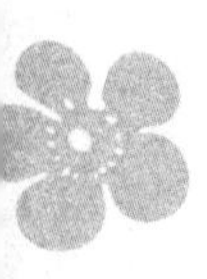

让我大哭一场

让我哭吧，让我大哭一场，母亲
坐在你的坟头，此刻，只有你和我
我唯有大哭一场的欲望
让我尽情地、肆无忌惮地哭
让我的哭成为黑夜的呼喊
让我的泪水漫回童年
母亲，在这样的夜晚
月亮和星星作弊，夜深人静
仿佛黑暗成为我和你共同的坟茔
我再一次真切地想起你，想起无常的命运
作为你的儿子，作为你血肉相连的儿子
作为你用贫穷和苦难奶大的儿子
作为你用沉甸甸的梦想一手养育的儿子
作为你到死都只会用乳名一声声呼唤的儿子
作为你曾经那么多年盼归盼得泪水干涸的儿子

今夜就让我独自面对你，母亲

就让我抛弃所有的顾忌，撕碎所有的镇定

就让我大哭一场吧，哭个撕心裂肺

就让我泛滥的眼泪，涨满我对你最深的思念之井

母亲的手

母亲，此刻，你的手
你那双永远皴裂的手
永远闲不下来的手
永远温暖无比的手
已然冰冷　比严冬屋檐下的冰凌
还要冰冷

母亲，小时候
我最大的幸福就是
你用你的永远温暖的手
牵着我　牵着
我就觉得世界不再有恐惧
不再有黑熊在黑夜出没
不再有缺牙的老巫婆
侵入我的梦境

母亲,你的手

在我的稚嫩的记忆里

仿佛会变魔法的神奇机器

你的手,可以在寒冬变出美丽的棉鞋

可以在初春变出会唱歌的柳芽

可以让苦涩的窗棂开满花朵

更会编织出我们的糖果、学费和书本

但是,母亲,你的手

无论怎么温暖,怎么灵巧

也无法让贫穷远离你的一生

娘

我娘在那一年的暮春去世

去世时还差六个月到七十岁

她很渴望长命百岁

但是命运再次拒绝和她合作

如同这一生的拒绝一样坚定

也许她在天堂

还会责骂命运为何总是对她如此无情

我娘有个诗意的小名:月儿

她应该是在满地月光的时刻出生

但她的童年、青年乃至一生都缺乏诗意

她不识字,但终生崇拜汉字的神秘

她没有学过四则运算,但她的心算快捷无比

娘常常说砸锅卖铁借债乞讨也要让我们多读一点书

她说多读一点书孩子们总会在将来有用

但她没有想到读了书的孩子会像候鸟一样飞走

让等待成为她垂暮之年日日夜夜单调的主题

我们是娘的孩子

她拥有我们这些孩子

我们一遍一遍告诉她我们的学名

但她固执地只记得我们的乳名

也许乳名　更让她享受我们的童年

娘和我们一起

精心打造我们的童年

但我们永远也无法描画她的童年

只能看着她步履蹒跚地走向衰老

她坐在轮椅上

还在幸福地翻看我们的童年

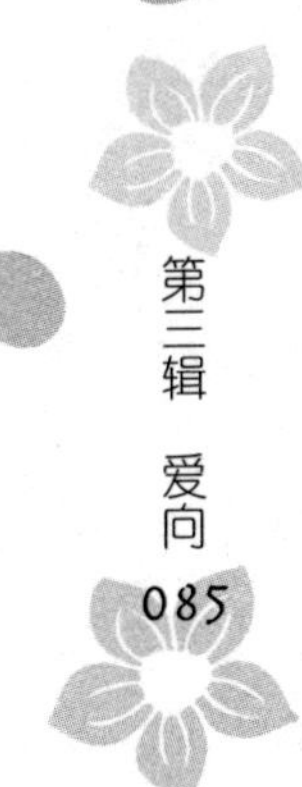

我娘是个吃苦好强的女人

（她的吃苦好强远近闻名）

她一辈子都在和贫穷做最坚决的斗争

但直到她不得不坐在轮椅上

还是无奈地承认　贫穷

用她的一生也无法战胜

她很沮丧地告别了这个世界

但愿　在来生她的辞典不再收录贫穷

但愿　在天堂她做个有福之人

（哪怕只一天，哪怕只一瞬）

记否夜雨零落

记否夜雨零落

冰凉如你的心境

在你走了以后

金色的堤岸　在原野

消失于无影无形

今生今世　或者凋谢

而早熟的遗忘

如伟岸而冷峻的墙

我无法穿越　无论

何时　何地

你走了以后　每一次

蛐蛐和星星洄游的窗口

再没有荷塘月色

梦中的橄榄树　结满

冰凉的风景

经历这一切　我是否还会

很老到地谈笑风生

当我老了　当你老了

在安详而宁静的雨巷

你是否怀想　无论

有意　或者无意

看你

让我看看你

看你初春的笑靥如花

开满一江春水的甜蜜

用你独特的质感

——明艳。清香

让我就这样看看你

看你候鸟一样的眼神

随雨夜风乍起的气息

用我独特的迷乱

——执迷。忧伤

让我就这样一直看下去

看你澄净透明的梦域

照耀我心田的安谧

用你和我共同的语言

——觉悟。回漾

谁是季节最冷酷的诀别

谁是季节最冷酷的诀别

谁在季节的丛林上演

生死相依的闹剧

我只是你意料之外的棋子

在忧伤的渡口　我和你

如同隔夜枯萎的嬉戏

在这样的季节　无论风吹雨骤

我们随波逐流的命运

仿佛前世最好的约定

你如果恨我　请用你的落寞

刺伤我的眼睛

你如果爱我　请在我的胸腔

敲击苦痛的颤音

最后的花瓣　如同苍白的歌吟

也在黎明萎谢一地

让我也学一枚蝴蝶

随伤感的树叶　翩然逝去

我，只是你路旁的一句停顿

第四辑

乌鸦的喃喃自语

乌鸦的喃喃自语

因黑暗的寓言绽放
我在黑夜的故乡出生
我天生是暗黑之神
在时光斑驳的树巢
我嘶哑的声音
是我此生的坚强之盾

我是迁徙而来的忧郁王子
从远古的庄园动身
从前我也骄傲无比
从前我也曾驻扎欢爱之城
我执着地选择黑夜安家
让生命的诅咒无处遁形

谁说我是念叨凶信的老巫婆

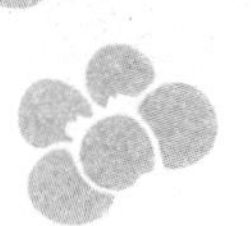

谁说我是不幸的化身

我也可以夜莺一样甜美歌唱

或者干脆退隐深山老林

但我就是我,我是最真实的存在

谁也夺不走我的预言和使命

可怜那些执迷不悟的人们吧

他们宁愿选择自欺欺人

让世道人心回归本性吧

幸福就要时刻保持警醒

如果这世界爱慕华丽的外衣

我宁愿和真理一道赤裸坦陈

乌鸦的黄昏

穿着时间的缁衣

一群乌鸦结伴而行

告别黄昏最后的光线

在黑夜的河流溯流而上

它们叽叽喳喳的故事

挂满暮色苍茫的意境

乌鸦的种种预言

树立起幽暗的图腾

抵达我们起皱的湖心

穿着缁衣的命运

随着乌鸦的节奏起舞

在幽暗的水面定格

仿佛我们久违的使命

天黑之后，夜风之后

一群乌鸦在禅定的氛围开讲

以浑然忘我的姿态

无论悲欢离合

无论前世今生

短歌

1

世界是一片秋风中的落叶

心之语沉默

世界是一场壮阔的海潮

心之船颠簸

世界是一扇暗淡的星空

心之灯闪烁不定

2

山在黑夜

成为一种暧昧的写意

寒鸟划过黑夜的胸膛

想象桃花暗自在黑夜散发芳香

你和我都是山的精灵

3

我的心好像黑夜的伴侣

被悄悄潜入黑夜的春雨染绿

能否

把黑夜种植成一汪绿草地

4

心因爱而成

月光下的海

爱因思念而成

经霜的秋叶

秋叶的叹息而成

岁月的礼赞

5

沉默吧！当雪白的寒冬

急匆匆赶来

所有的生灵

在雪国酣然入梦

只有穿红棉袄的童话

捂住鼻子穿过田野

6

黑夜静谧的气氛

漫涌如潮水

我睁大眼睛

寻找自己的影子

影子却躲进

往事之林

7

你的心

是一叶遥远的风景

你的歌

是一道源自深山的蝉鸣

把你的心和歌

放进我采撷春天的竹篮吧

8

你是思念汹涌的潮汐

我是静夜不羁的堤岸

9

记忆是一道遗忘的拱门

我们小心穿越

到达波光粼粼的梦野

我们在梦野筑起婚房

让遗忘的种子

孕育黑夜的执迷

10

心的鸽哨划过

午夜的秘密

乍暖还寒的星星

抽芽你的思绪

打开你月黑风高的柴扉吧

让游子的歌声栖息

山水画

1

豌豆花开了

一蓑烟雨映现江南

少女的惆怅在雨巷

随屐痕生长

古老的蛙声一片

读取江南

江南　一株无悔的等待

等待一汪柔情的失眠

2

月色如水

如水着征人的笛声

霜雾涂抹清香余韵

远山的树

青涩的暗影

秋千荡起睡莲的波心

夜已深

雁的屐痕

3

夜的寂静

山峦是隐者清癯的身影

在推敲绝句的春涧

桂花盛装出行

一只鸟的尖叫

被月出月落的空旷

惊醒

而我和隐者

顿悟为树的原形

4

山很远　山路很长

暮归的鸟儿鸟声飞扬

远处的茅屋

有等待的灯光

兰溪秋水静静流淌

你是返家的樵夫

有菊花芳香在路旁

5

山居的风雨述说归雁的呢喃

农人的桑麻是一缕炊烟

吹着柳笛的牧童

拽回行旅的伤感

桥头在远山之外

孤帆在遥远的云端

而我　是孤独的智者

驻扎想象的边沿

也许

也许，这个词语

是一种假设

一种可能

抑或一种预言

或是一张法力无边的网

也许在这张网里

也许，才不再战栗

恰如熟睡的婴儿

在摇篮里甜憩

微风

我感受到一些熟悉的微风

从树叶的指缝溜来的晨风

也许她来自童话城堡

虽有一些寒冷但带着甜梦的余味

她的脸庞泛起晨光的绯红

我感受她的无比亲近

微风穿过挂满露珠的草地

穿过我的喃喃自语

仿佛和我有着前世的约定

思念

黑夜是一条湍急的河流

思念一次次艰难地涉过

而思念是一匹驰回故乡的野马

让遗忘在黎明抵达

而遗忘成黑夜一生的绝响

你是我在彼岸的故乡

而彼岸　永远未曾涉过

你和我　是思念

须臾不离的落寞

雨季

这是一个漫长的雨季
穿越暮春、盛夏和深秋
白天和黑夜、太阳和星辰
以及婴儿的初啼、风的琴声
都是雨和雨的化身
从绝望的心田汩汩流淌
年青的血泪
灿烂了青春迷惘的回归
让东南西北的人们
盼望雨后初晴
晾晒发霉的灵魂

这场雨淋湿了几千年
几千年落在这块土地上
落在亚细亚的孤儿头顶

悲欢离合的情绪逐渐明朗

逐渐明朗那些罪恶之吻

同样冰凉或灼热的雨水

如同

永远不会变老的梦想

走出雨季的沼泽

我们是否依然是等候的鸟群

让记忆随遗忘的尘沙肆意驰骋

饥饿

在饥饿的日子
生存是我们唯一的本能
但我们骄傲的灵魂
还向天空呼叫
向命运一遍遍发送
古老的接头暗号
芝麻开门　芝麻开门

芝麻开门　走进
古迹斑驳的城堡　寻找
从未填饱肚子的面包和温情
在饥饿的日子
我渴望一个久违的亲吻
一瓣来自春天的红唇

和风

和风暖暖　鸟声碎落

成荷花的影子

夜来临　城门紧闭

城墙沉入深夜的湖心

谁在墙头

让羌笛萦绕归鸟的气息

思念在晦暗的巷子

在流窜在自由地逃逸

和风　以自由的情绪

越过城墙

在荷塘波动

归鸟是不期而至的夜雨

自由是唯一真正的财富

在黢黑的树梢　归鸟告诉我

以老到的哲人语气

盛夏之夏

展露发亮的肌肤

从北到南　盛夏

这个夏天的长子

野蛮生长

肆意追逐野性的风和阳光

赤身裸体满世界奔跑

我听见火焰在夏天的胸膛燃烧

在我的心里和你的梦里燃烧

在映日荷塘里燃烧

在星垂平野阔的午夜燃烧

在每一片树叶每一寸空气燃烧

让火焰燃烧我们久违的情绪

让火焰映红我的脸和你的脸

冒着高温　我们的心事继续向南

我们都是向往火焰的使者

驾驭着季节特有的语言日夜兼程

然后

我们以夏天最夸张的风采相聚

继续向南

最希望午夜　有股凉风偷袭

最希望有一场夜雨　讲述盛夏的期许

现在，月明星稀

现在，月明星稀
让我们虔诚地敲开
某个时间节点
用它能听懂的语言
报告我们的旅程
然后虔诚地弯下腰
趁午夜潜入这个节点的山洞
做一回使用石器的山顶洞人
用石器计数、做饭、猎杀虎豹、发起战争
洞外月色迷人
现在让我们和娇媚的女巫一起
用最疯狂的舞姿　拜祭月亮
拜祭远处的大山、先祖的灵魂
现在让我们现身鸟形
搭起一座桥　让牛郎织女随时相会

或者舒展歌喉

用真实而质朴的歌声

向浩渺的星空发出无数天问

现在让我们一遍遍翻阅黑暗的迷惘

在温暖的草地谈情说爱

在岩石的缝隙　在树杈

举行婚礼　生儿育女

然后,让我们携家带口

跨过黑夜的门槛

朝着幸福的约定狂奔

落叶

一片树叶落下来

落在未曾相识的土地

以骄傲的姿势

完成自由落体

树叶的落下不可逆转

它从季节赎回自由之羽

零落成泥是它的信仰

抑或是一场生命奇遇

这片落叶会说什么

若以伤感的语气

钟声

让钟声响起吧　钟声响起
每一粒疼痛的背后
是每一寸孤独的潜入

黑夜如无边的死海
怀想每一个熄灯的窗口
羽化成仙的谜底

我们想过平静的生活
也许我们生不逢时
或者背叛今世的期许

山寺枯坐远古的呼吸
听钟声惊飞满树霜衣
我们只是禅定的思絮

让钟声响起吧　让钟声响起

让钟声漫过每一道山冈

捕捉夜风的含义

雨停了

雨停了
雨和雨季的美丽暂别
就有机会看到星星出巡
听取蛙声和月色响成一片
在稻花香里团聚
那感觉真的很好

那感觉真的很好
就着雨季的伤感
随着雨的步履
那些渴望倏然降临
召唤月明星稀的时刻
仿佛宿鸟惊飞的心悸

雨停了

风在悲欢离合的岔路口

静静地溜达

梦想如午夜的沉醉

沉甸甸碾过禾场

那感觉真的很好

一个人

一个人

可以让情绪走进心里

在黑夜的婆娑中

静静地溜达

一个人

或许就这么走

走到海角天涯

疼痛的拐杖生根发芽

也许有一天

也许有一天，苍山洱海

喜洲镇。云朵和阳光的意境

临水的院子，院墙斑驳陆离

一棵树。还有一棵树

她们比邻而居，还有我

我和她们孤独地团聚

那时和风习习　我如风静谧

让最沉醉的梦抵达

最深入的记忆

聆听遗忘被仓鼠撕咬的声音

我会想起你，想起你

某年　某月　某日　寅时抑或卯时

你的孤独：某个城市，一个人

你的冬夜：诀别弥漫的冰冷

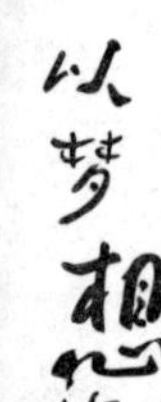

第五辑 河流

奔跑

夕阳向西奔跑

鸟儿追逐着夕阳

风儿追逐着鸟儿

一路奔跑至暮光之城

夕阳奔跑着无影无踪

鸟儿奔跑进童话丛林

风儿奔跑到天际

隐身初月的澄明

一条河

一条河　就这么拥着

　　许许多多曲折河滩和洲心

　　许许多多村子和渡口

的气息

　　许许多多杨柳岸晓风残月

　　许许多多稻花香里一片蛙声

　　许许多多灾荒和劳作

　　许许多多春夏秋冬不歇的足音

酿制不舍昼夜的醇厚乡情

一条河　就这么淌过

　　许许多多年代

　　许许多多人们

的梦境

　　许许多多渴望和饥饿

许许多多仇恨和爱情

许许多多悲欢离合

许许多多物是人非

述说不尽故乡不老的记忆

一条河　祖祖辈辈风雨无阻地涉过

乡音无改是她的姓名:虎渡河

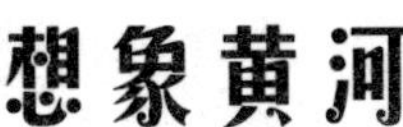

想象黄河

在黄河岸边枯坐　想象
这不安分的河水
这不舍昼夜的逝者
从远古的天际奔来
要向遥远的他乡奔去
想象河里的石头
被黄沙隐没的石头
用千万年的时光刻制谜语
想象这宁静水湾
是一幅古朴山水画
想象有羊皮筏子
载着歌声　载着爱情
想象黄河之夜的风
藏着金戈铁马

在黄河岸边　枯坐

我想象自己

是黄河与生俱来的亲密

春天之歌

让我们慢慢坐下来　想象春天
在远离春天的日子　想象春天
我们躲在窑洞里　偎坐在炕上
沉溺在伸手不见五指的黑夜
想象春天
想象春天的行迹和声音
想象春天的模样和秉性

春天也许是一股风
从寒冷的荒原失踪
奔跑着来到我们荒芜已久的家
这股风天生是一群
天真烂漫的孩子
把第一场春雨作为笔墨挥洒
涂抹每一个村庄、街道和渡口

涂抹每一寸土地的肌肤和毛发

春天也许是一声温暖的呐喊
从严冬的囚笼勇敢地逃逸
以自由奔放的气势在原野呐喊
以一朵米粒般的小花在窗前呐喊
以一丛冒绿的小草在驿路呐喊
以被风裁剪的柳叶在江畔呐喊
春天是个呐喊派画家
让季节的迷彩昼夜喧哗

春天也许是自由的精灵
和我们一起砸碎冬眠的锁链
然后在散发草香味的阳光下
开荒耕种　牧牛遛马

坐山观海　咏诗作画

或者释放自由的呼吸

以骄傲的姓名刻写我们的墓碑

让希望的灵歌生根发芽

采莲曲（之一）

蝉声悠远

心也悠远

那红裙少女

悠悠撑出

红色的小木船

一段故事遗落

幽静的月亮滩

那热烈的太阳雨

噼噼啪啪播撒

苦涩而甜蜜的思恋

采莲曲（之二）

青鸟在荷叶上筑巢

与憨态的白鹅为邻

风暧昧如潮涌

扯动风信子的征衣

流萤点点如歌

抚慰不安的水纹

喇叭花那种美丽

朴素而令人感动不已

没有你的夏夜

没有月色的回想

江南浑如柔情的失眠

沉吟　莲叶何田田

墓碑

我死后，如果为我树块墓碑

我希望墓碑是块很大的石头　来自

大山深处或者遥远的地心

来自我今生从未踏足的领域

我希望石头隐没于杂草丛林

昼夜陪伴清风和鸟声

石头有很青的颜色，棱角分明

石头很重，如同我和先辈们从未摆脱的负累

我希望刻上我的籍贯、性别、姓名（乳名、学名、曾用名）

刻上我来到这个世界和离开她的日子

最好还刻上一首春光明媚的短诗

祈福我爱着和爱过的人们

最后，我希望在空白处

密密麻麻刻满

那些我从未实现的梦想

千百年后，成为一方文物

供后人探究，或者评头品足

今夜，想起一个人

今夜，梦守候月明星稀

风绽放花香的甜蜜

我愿意在美好的此刻，想起一个人

一个没有姓名的人

一个无影无踪的人

一个孤独无助的人

一个骄傲无比的人

一个无家可归的人

一个无药可救的人

一个让忧伤结满爱情之树的人

一个终生趴在黑暗壕沟的人

一个长留寒冬守灵的人

一个在梦里出生又死去的人

今夜，梦守候月明星稀

风绽放花香的甜蜜

我愿意在美好的此刻，想起一个人

想起你，如同想起梦中的自己

以梦想的节奏

走了就走了,回归

只是衰败的寓言茂盛生长

沉默的日子刺伤我的眼睛

逃跑让我成了自由之身

停下脚步　享受暴风雨

喝着茶,悠然自得

和潮湿的空气说说话

梦想是愉快的早点

深深地梦想你的神秘

罪恶之夜的犹大之吻

在死亡的气息中匍匐爬行

自由的呼吸如奢侈的甜蜜

潮湿的花瓣逃往岁月的幽暗

古老的花园空无一人

季节打着迷惘的油纸伞

两只蝴蝶翩翩起飞，飞向空寂
爱情的种子滑过诱惑的红唇
抓住你的影子你的前世今生
耗尽我此生最大的勇气

古老的渴望扬帆远行
在黑夜和命运猛烈地撞击
黑夜沉入大海　太阳初升
这些饱受疼痛的人们
以一种久违的默契逃往黎明
你的临终遗言如黑亮的泥土
你是否也听到春天的呐喊
以梦想的节奏
我们开进光辉的城市
我们开进春天的领地

落叶的絮语

心的叶绿素耗尽了

季节的谜底

沉寂让太阳

把记忆

消逝了热情

在爬满青苔的小溪旁

孩子的蝴蝶

向我叙述过童话

晚风预示了

两个世界的绿灯亮着

我只是眺望

在辽阔的田野上

找到

永恒的归宿

大秦腔

恨不得把空气撕成碎片

恨不得把老天也扯下一大块

黄土地的男人们

就这么一辈子　用生命

最厚重的底色　使劲地吼着

　　大　秦　腔

让嘶哑而高亢的梦想

在宽阔的黄土高原打滚

向岁月释放无穷的野性

大秦腔，是黄土地的男人的根

不睡觉也要吼，不吃饭也要吼

把苦难和泪水吞进胸腔了吼

在风沙吹得睁不开眼的村头吼

在严冬仿佛走不到头的山路吼

在女人们走西口的思念里吼

在千万年也不改本色的黄河

　　岸边

吼　吼个千万年

心声

土地的芳馨会永远从我的
　　梦里
和岁月一起流淌走吗
野豌豆花卧着俏丽的野鸡的
　　歌声
旷阔的田野埋葬了我俩坠落的
　　风筝
雁阵　牵走了古老的童谣啊

而初春的风哟
载着绿色的燕语
在你的心上
在飘香的村庄
声声呼唤的节节花上
空置了永恒的巢窝

我的泛绿的长藤啊　能叩开你的

久闭的高窗吗

我的惊蛰的雷声啊　能在你的

心房跳动吗